AVANT LA NOCE,

VAUDEVILLE EN UN ACTE,

Par MM. CARMOUCHE et F. DE COURCY

Représenté, pour la première fois, sur le théâtre des Folies-Dramatiques, le 19 septembre 1837.

PRIX : SIX SOUS.

PARIS,

MORAIN, LIBRAIRE-EDITEUR,

au Cabinet Littéraire,

RUE DU FAUBOURG SAINT-MARTIN, N° 43,

AU COIN DU PASSAGE DE L'INDUSTRIE.

1837.

AVANT LA NOCE,

VAUDEVILLE EN UN ACTE,

Par MM. CARMOUCHE et F. DE COURCY

Représenté, pour la première fois, sur le théâtre des Folies-Dramatiques,
le 19 septembre 1837.

PRIX : SIX SOUS.

PARIS,

MORAIN, LIBRAIRE-EDITEUR,

au Cabinet Littéraire,

RUE DU FAUBOURG SAINT-MARTIN, N° 43,

AU COIN DU PASSAGE DE L'INDUSTRIE.

1837.

———————————————

PERSONNAGES.	ACTEURS.
M. DUBEAU, *jeune épicier,*	M. Palaiseau.
SUZANNE CATELLE, *jeune veuve,*	Mesd. Henri.
SIMONNE DURAND, *petite cousine de Dubeau,*	Fanny.
GADIBOIS, *oncle de Suzanne, conducteur de diligence,*	MM. Patonelle.
RICHARD, *maréchal-des-logis,*	Masquillier.
CHOPIN, *traiteur,*	Arnold.
Un petit Commissionnaire.	
Garçons du restaurant.	
Parens et amis.	

La scène est à Trévoux, près de Lyon.

Imp. de J.-R. Mevrel, passage du Caire, 54. — Maillet.

AVANT LA NOCE,

VAUDEVILLE EN UN ACTE.

Un petit salon de traiteur, ouvert dans le fond sur un jardin, par trois fenêtres cintrées, dont une de plain-pied, celle du milieu. Deux portes latérales. — Une table et des chaises.

SCÈNE I.

SUZANNE, SIMONNE, CHOPIN, *entrant par le fond; Suzanne est en toilette de mariée, sauf le bouquet de fleurs d'orange.*

CHOPIN, *son bonnet de coton à la main.* Si madame la mariée veut se reposer une minute, en attendant que le futur soit arrivé?..
Il avance des chaises.

SUZANNE, *à elle-même, avec indifférence.* Le dernier à venir, un jour de noce, cela commence bien.

CHOPIN. Je suis prévenu que le rendez-vous général est ici, pour se rendre à la municipalité, et de là, revenir pour le festin, et pour le bal!

SIMONNE. Oh! que je suis contente que maman m'ait permis de venir à Trévoux, pour le mariage de mon cousin... dam, j'ai été élevée avec lui, c'est bien naturel, et puis, moi qui n'ai jamais vu de noce, je ne m'en fais pas idée... quoi! aussi, je voulais vous demander une chose.

Air : Vaud. de l'Album.

Mais pourquoi donc, auprès de la mairie,
Affiche-t-on, comm' je l' voyais hier,
Les noms de ceux que l'on marie,
Dans un grand cadre orné d'e fil de fer?

SUZANNE.

De servitude, hélas! c'est un présage;
En attendant que filles et garçons
Tombent eux-mêm's dans les chaîn's du mariage,
Sous un grillage on enferme leurs noms.
En attendant les chaîn's du mariage,
Sous une grille on enferme leurs noms.

SIMONNE, *à part.* C'est égal, j'aurais bien voulu voir mon nom en prison... à côté de celui de mon cousin.

SUZANNE. Et, où nous mettez-vous, **M.** Chopin?

CHOPIN. Dans le salon à côté .. à propos, combien de couverts?

SUZANNE. Mais... dix-huit.

SIMONNE. N'attendez-vous pas votre oncle Gadibois?

SUZANNE. Je lui ai envoyé un billet de faire part... à Mâcon... mais il est si drôle, mon oncle, il voit des niches dans tout, il est capable de s'être mis dans la tête que mon mariage est une attrappe.

CHOPIN. Ça nous fait dix-neuf.

SIMONNE, *qui a compté sur ses doigts.* Il me semble que vous n'avez pas compté mon cousin Dubeau.

SUZANNE, *souriant.* C'est vrai! je n'oubliais que mon mari!

CHOPIN. Rien que ça! (*Riant.*) Le gaillard vous forcera bien à penser à lui... quand il sera là.

Air *des Huguenots.*

Mais, le jour de son mariage,
Il pourrait s' presser davantage;
Je n'ai jamais vu de mari
S' faire attendre ainsi.

SUZANNE, *remontant la scène.*
Pour moi vraiment je n'y tiens guère,
Mais c'est à cause du notaire.

CHOPIN.
Ça m' fait penser que le rôti
A la broch' m'attend aussi.

ENSEMBLE.
Pour le jour de son mariage, etc.   (*Chopin sort.*)

SCENE II.

SUZANNE, SIMONNE.

SUZANNE, *elle s'assied.* Vous conviendrez, mademoiselle Simonne, que **M.** Dubeau ne témoigne pas un empressement surnaturel!

SIMONNE, *avec douceur.* Quand on est de commerce... Un fonds d'épicier, c'est si vétilleux! on appartient au public!

SUZANNE, *avec humeur*. Eh bien! on reste garçon! (*Soupirant*.) Ah! ce n'est pas là le genre d'existence dont j'avais bercé mon imagination, dans mes songes fantastiques!...

SIMONNE. Moi, je ne crois pas aux rêves, et je ne conçois le bonheur en ménage qu'avec un épicier... mais, vous, pourquoi, alors, que vous avez pris mon cousin,.. puisque?

SUZANNE, *d'un air distrait*. Ah! je n'en sais rien! un moment d'ennui. (*A elle-même*.) De dépit! (*Haut*.) Et puis, en province, une pauvre veuve est si exposée... les mauvaises langues! les propos, les histoires... on lui donne Pierre, on lui donne Paul.

SIMONNE, *naïvement*. Oui, il paraît que dans le tems, on vous avait donné un militaire.

SUZANNE, *vivement*. Comment?

SIMONNE, *continuant, sans y entendre malice*. Vous savez bien? un ami de mon cousin, M. Richard.

SUZANNE, *avec contrainte*. Ceux qui me l'ont donné peuvent bien le reprendre, entendez-vous, mademoiselle... un coureur, un mauvais sujet... un monstre, enfin! aussi, je n'ai pas voulu de lui... pendant six mois, il a eu l'intention de m'épouser... oui, ma chère, il n'en parlait pas; mais je le voyais bien. Tout ce que je peux dire, c'est que je fus cruelle avec lui... mais, là, tout-à-fait cruelle.

SIMONNE. Tiens! vous avez eu raison!

SUZANNE. Les choses auraient peut-être fini par s'arranger; mais son inconduite me fut dévoilée clairement... par des lettres anonymes... et puis une aventure... un éclat... dans un bal... une femme... qui dans sa fureur jalouse... vint s'en prendre à ma robe... M. Richard croyait que j'en mourrais de chagrin... je ne fis qu'en rire, *(à part.)* ou je fis semblant... enfin, n'importe; (*à Simonne*.) il se découragea, il s'en alla en Afrique et j'en fus quitte pour une garniture.

SIMONNE. Et vous ne pensez plus à lui?

SUZANNE. Tu le vois bien.

Air : *Ça ne prend pas* (Fille d'Ève).

Je n'y pens' plus;   *bis.*
Quand j' songe à sa conduite affreuse,
Aux dangers qu'alors j'ai courus,
Je me dis : que je suis heureuse!
   Je n'y pens' plus..   *bis.*

SIMONNE.

N'y pensez plus;   *bis.*
Il faut avoir de la sagesse,
Oublier ceux qu'on a perdus,
Et comm' vous se dire sans cesse :
Je n'y pens' plus.   *bis.*

Vous n'aurez rien à craindre avec mon cousin... il vous aimera... allez.

SUZANNE. Jusqu'à présent, je ne lui fais qu'un seul reproche... c'est d'être avare.

SIMONNE. Avec ses pratiques?

SUZANNE. Non, avec sa future... pas un homme aux petits soins... jamais une rose, un bouquet de violettes... Par exemple, je ne lui pardonnerai pas de se marier, sans m'avoir donné une corbeille... il suffit qu'on soit dans une petite ville...

SIMONNE, *à part.* Bon... elle ne sait pas qu'il m'a chargée... (*Haut.*) Peut-être que vous ne lui avez pas dit...

SUZANNE, *soupirant.* Avec M. Richard, une femme n'avait pas besoin de demander.

SIMONNE. Ah! ça, vous y pensez donc toujours?

SUZANNE. Pas plus qu'il ne songe à moi.. car, Dieu merci, depuis son départ, je n'ai pas reçu une lettre de lui.

SIMONNE. En parlant de lettre.. ça me rappelle que j'en ai une pour vous, qu'on avait apportée chez mon cousin.

SUZANNE. Donne. (*A part.*) Ah! mon Dieu, c'est son écriture.

SIMONNE. Pendant que vous la lirez, voulez-vous que j'aille au-devant des autres?

SUZANNE. Oui, oui... va.

SIMONNE, *revenant sur ses pas.* Ce n'est pas du militaire, par hasard?

SUZANNE. Non, non, sois tranquille.

SIMONNE. Je vas chercher mon cousin.

Elle sort en courant, et en fredonnant :
Je n'y pens' plus, etc.

SCÈNE III.

SUZANNE, *seule.*

Une lettre de lui... que peut-il me dire! (*Elle lit :*) «Madame

» et chère Suzanne... jai salué les côtes de Provence. (*Parlé.*) Ah! mon Dieu! (*Continuant.*) « Si je revenais un de ces jours » à Trévoux, que diriez-vous? et si je vous prouvais que je n'ai » fait la cour à une autre, que par amour pour vous... que di- » riez-vous encore? (*Mouvement de dépit.*) Pensez y en vous- » même, et songez qu'il y a un vieux proverbe qui dit : Faut d' » la vertu, pas trop n'en faut; l'excès en tout est un défaut... » votre respectueux et fidèle,

« RICHARD. »

(*Parlant.*) L'impertinent! et tout cela, pour me tromper en- core! pour me rendre une seconde fois la fable de toute la ville... non, non, mieux vaut devenir la légitime de M. Dubeau... quoique ça ne soit pas très amusant. (*Ritournelle.*) Le voici qui vient avec la noce... Dieu merci, il n'y a pas à reculer.

Elle cache sa lettre.

SCENE IV.

SUZANNE, SIMONNE, Parens et Amis, *puis* DUBEAU.

CHOEUR.

Air *de Kean* (3e acte, *entrée du baptême*).

Nous voilà tous
Au rendez-vous,
Pour fêter les nouveaux époux;
Jusqu'à demain nous danserons,
Nous chanterons
Et nous boirons!

DUBEAU, *le bouquet au côté, un pain de sucre sous un bras, un bocal de cornichons sous l'autre, et deux bouteilles à la main.* Me voilà, me voilà... aux derniers les bons, comme on dit dans le commerce.

SUZANNE. C'est bien heureux, M. Dubeau.

DUBEAU. Oh! la belle mariée... je conçois votre impatience, et elle me flatte, mais il est venu tant de monde à la boutique! je me mangeais les sens... c'était à l'un de la castonnade, à l'au- tre de la réglisse, à celui-là deux liards de moutarde... parce qu'on se marie, on ne peut pas fermer boutique!

Air : *Hier encor' j'aimais Adèle.*

J'éprouve une ardeur sympathique
Pour vous, Suzanne, ainsi qu'pour mes chalands;

> Et j' peux servir d'exempl' dans ma boutique
>   Aux épiciers comme aux amans.
> A la tendresse, oui mon âme s'exerce,
>   Sans qu' mon esprit néglige le travail;
> Car mon amour ressemble à mon commerce,
>   Et je vous aime en gros comme en détail;
>   Oui je vous aime (*bis*) en gros comme en détail.

SUZANNE, *riant.* Mais, mon Dieu... comme vous voilà chargé!

DUBEAU, *montrant le pain de sucre.* Ceci est un pain de sucre. (*Montrant le bocal.*) Ça, des cornichons... et...

SUZANNE. Pourquoi faire?

DUBEAU, *sans l'écouter et montrant une bouteille.* Du punch! ce soir!

SUZANNE, *riant.* Du punch, avec des cornichons?

> *Tout le monde rit.*

DUBEAU. Mais non, mais non, avec le pain de sucre, et puis avec le cognac que voici, et la Jamaïque que voilà.

> *Il montre les deux bouteilles qu'il pose sur une table.*

SUZANNE, *riant.* Je disais aussi.

DUBEAU. Oh! la moqueuse! la moqueuse! (*Tirant de sa poche un sac de papier gris.*) Item du pur moka, moitié Martinique... brûlé devant moi, à la maison... ils n'auront plus qu'à le moudre. (*Tirant un autre sac de sa poche.*) Enfin, des quatre mendians pour le dessert... on n'est pas épicier pour des prunes... vous sentez bien, chez les traiteurs tout se paye le double... moi, j'ai ces articles au prix de fabrique, et je me les passe au plus juste... je n'irai pas m'amuser à faire du bénéfice sur moi-même, comme on dit dans le commerce. (*Il rit d'un air satisfait.*) Ah! ah! ah!

SIMONNE, *avec admiration.* A-t-il de l'ordre, mon cousin!

SUZANNE, *bas.* Mais taisez-vous donc, M. Dubeau.

DUBEAU, *haut, sans comprendre.* Je ne dis du mal de personne, et puis, écoutez donc, en ménage, cent sous finissent par faire cinq francs.

SUZANNE, *à elle-même.* Eh bien! c'est gentil... ça promet!

> *Elle cause bas avec quelques parens.*

DUBEAU, *bas à Simonne.* Elle a un air tout chose.

SIMONNE, *de même.* C'est à cause de la corbeille.

DUBEAU. Bon, bon... faut rien dire. (*Haut.*) Ah! ça... tout notre monde est-il arrivé?

SUZANNE. Nous n'attendons plus que mon oncle.

DUBEAU. Votre oncle Gadibois?

CHOPIN, *dans la coulisse.* Monsieur, c'est ici.

GADIBOIS, *en dehors.* Laissez donc, farceur!

SUZANNE, *allant voir.* Eh! mais... je reconnais l'organe de la famille.

DUBEAU. On va donc le voir ce fameux oncle.

SCÈNE V.

Les Précédens, CHOPIN, GADIBOIS.

GADIBOIS, *passant la tête à la porte.* C'est ma foi vrai! le diable m'emporte! voilà ma nièce!

SUZANNE, *allant au-devant de lui.* Oui... plaisanterie à part, c'est moi mon oncle.

Gadibois l'embrasse.

CHOPIN. Là, vous ne vouliez pas me croire!

GADIBOIS. Ah! dam, c'est pas parce que je suis conducteur de diligences... mais on a du mal à m'attrapper! (*A Suzanne.*) Je ne te cacherai même pas que, dans le premier moment, ton faire part, m'avait un peu l'air d'un poisson d'avril.

SUZANNE. Quand je le disais! il est étonnant, mon oncle Gadibois!

DUBEAU, *à Gadibois.*

Air : *Je loge au quatrième étage.*

D' la famill' quoiqu' vous soyez membre,
Vous n'avez pas l'esprit subtil,
Ce n'est guèr' dans l' mois de septembre
Qu'on donne des poissons d'avril.

GADIBOIS.

Aussi, me suis-j' dit, moi qn'ai l' fil :
Ma nièce est trop sag', trop sincère,
Pour attrapper son oncle ainsi;
Quand elle aura des nich's à faire,
Elle' les gard'ra pour son mari.

DUBEAU, *à lui-même.* Jolis conseils, pour un oncle!

GADIBOIS, *à Suzaune.* Ah! ça... je n'ai pas besoin de te demander si tu as choisi un joli garçon?

SUZANNE, *embarrassée.* Oh !

DUBEAU, *s'avançant.* Nous allons voir s'il répètera la question.

Il se pose près de lui.

GADIBOIS, *sans le regarder.* Je connais ta manière de voir à cet égard... quand on est jolie femme, on doit prendre un bel homme ! (*Regardant autour de lui.*) Il parait que ton futur n'est pas encore arrivé.

SUZANNE. Mais si, mon oncle !

DUBEAU. Je suis là... je lui crève les yeux.

Il vient se mettre devant son nez.

GADIBOIS, *étonné et reculant.* Comment ? c'est celui-là ?

DUBEAU, *avec dignité.* Et qui serait-ce ?

GADIBOIS, *avec raillerie.* Bien, bien !.. du moment que vous me le dites...

SUZANNE. Mon Dieu, mon oncle... allez, c'est bien lui. (*A elle-même.*) Ce n'est que trop lui !

GADIBOIS, *avec intention.* Toi aussi ? ah ! ça, voyons, il n'est donc plus militaire ?

TOUS LES AUTRES. Comment militaire !

SUZANNE, *l'interrompant.* Mais, mon oncle...

DUBEAU, *à part.* Gros stupide, va ! (*Haut.*) Il croit peut-être m'apprendre que Richard vous a recherchée... Richard, qui était mon ami, à moi... un bon enfant s'il en fut, mais maladroit avec les femmes... enfin, il a perdu ce trésor par sa faute, il a été deux doigts de cette petit main là.

GADIBOIS. Il est convenu que c'est vous, là... êtes-vous content ?

SUZANNE, *vivement.* Assez, assez ! allons chez le notaire.

DUBEAU. Oui, et de là, à la mairie et ensuite à la paroisse, pour confondre ce gros incrédule.

GADIBOIS, *avec malice.* Nous verrons bien ce soir...

TOUS. Partons, partons !

Reprise du chœur.

Nous reviendrons au rendez-vous
Pour fêter les nouveaux époux, etc.

Dubeau donne le bras à Suzanne. Au moment où les dernières personnes de la noce sortent, Richard entre par la gauche, suivi d'un petit commissionnaire qui tient son porte-manteau sur l'épaule ; il est en habit de voyage et couvert de poussière.

SCÈNE VI.

RICHARD, Un Petit Garçon.

RICHARD, *au petit commissionnaire, lui montrant la table.* Tiens, gamin... mets ça là... et dis au garçon d'avancer à l'ordre.

LE PETIT COMMISSIONNAIRE, *il pose le porte-manteau sur la table et va pour sortir.* Oui, mon officier.

RICHARD. As-tu soif?

LE PETIT COMMISSIONNAIRE. Oui, mon capitaine.

RICHARD, *lui donnant une pièce de monnaie.* Eh ben! v'là pour boire.

LE PETIT COMMISSIONNAIRE, *s'en allant et sautant.* Merci, mon général.

RICHARD, *seul, regardant de l'autre coté.* Ah! ah! une noce là-bas qui défile la parade... je vois avec plaisir qu'en mon absence on ne néglige pas la population de la ville de Trévoux... je ne demandais pas mieux non plus que d'y contribuer, pour ma part... avant de m'embarquer pour d'autres rivages, il y a de ça, ma foi, trois trimestres, et j'irais peut-être aujourd'hui au baptême de mon héritier. (*Appelant.*) Garçon! enfin, me v'là revenu... elle a dû recevoir ma lettre, et nous verrons s'il n'y aurait pas moyen de se rattrapper un peu... ah! ça, garçon! garçon!

Il frappe sur la table avec son sabre.

SCENE VII.

RICHARD, CHOPIN.

CHOPIN. Voilà! voilà!

RICHARD, *le regardant.* Tiens! c'est vous, père Chopin!

CHOPIN, *surpris.* M. Richard? vous v'là dans le pays! et d'où diable que vous devenez?

RICHARD. Du département de l'Afrique... et comme il fait légèrement chaud en Algérie, j'en ai rapporté une soif invétérée.

CHOPIN. Bonne maladie que je peux vous soigner, le traitement est connu.

RICHARD, *lui frappant sur l'épaule.* Hé! hé! ce père Chopin, toujours des bons!

CHOPIN , *mettant sur la table une bouteille et deux verres.*

Air : *Il me faudra quitter l'empire.*

Tenez, voilà, mon camarade,
Du sirop qui peut vous guérir,
Et je vais montrer au malade
La manière de s'en servir.

Il se met à table et se verse.
V'là la manièr' de s'en servir.   *Il boit.*

RICHARD , *s'asseyant aussi.*
Diable, il parait que la recette est bonne.

CHOPIN , *lui versant.*
Prenez-moi ça... du fameux Beaujolais !
Vous m'en direz des nouvelles après.

RICHARD.
Quand un méd'cin goûte ce qu'il ordonne,
On peut êtr' sûr que ça n'est pas mauvais.
Ils trinquent et répètent ensemble les deux derniers vers.

RICHARD , *se versant à boire.* Ah ! ça, donnez-moi donc des nouvelles de nos anciennes connaissances, et à leur santé.

Ils trinquent.

CHOPIN. Avez-vous pas connu... le vieux chose? qui demeurait là-bas; il s'est remarié.

RICHARD. Le vieux chose ? eh ben ! tant mieux pour lui !

CHOPIN. Et puis, la vieille madame... comment l'appelez-vous? qui tenait le bureau de loterie ?

RICHARD. Écoutez, père Chopin, si ça vous est égal, passons aux jeunes... la belle Suzanne, par exemple.

CHOPIN. Ah ! oui, la petite veuve Catelle... ah ! vous en teniez joliment pour celle-là.

RICHARD , *gravement.* Je peux dire qu'elle m'a fait voir des papillons noirs! foi de maréchal-des-logis... c'te femme-là, j'irais aux Antipodes, que je la verrais toujours vis-à-vis de moi... je perdrais la mémoire, que je ne pourrais pas l'oublier !

CHOPIN , *s'appitoyant.* Ce bon M. Richard !

RICHARD , *ému.* Aussi, me v'là, j'ai demandé un congé, pour recueillir une succession qui m'est tombée sur la tête, et pour lui dire... (*Il cherche.*) Enfin, l'amour, le repentir, et finalement le mariage, le vrai mariage... car je vois bien qu'avec elle, il n'y a pas moyen, sans la municipalité.

CHOPIN, *pouffant de rire*. C'est donc ça qu'elle y est dans ce moment-ci.

RICHARD. Que voulez-vous dire?

CHOPIN. Que vous arrivez trop tard de l'Atlas... mon pauvre garçon, je fais sa noce aujourd'hui.

RICHARD, *vivement*. Sa noce! elle se marie... elle!

CHOPIN. En personne... et avec un autre.., l'épicier Dubeau, votre ancien ami.

RICHARD, *frappant sur la table*. Dubeau? malédiction! et moi qui revenais tout exprès... ah! tenez, vous m'avez donné là un coup... père Chopin, qu'est-ce que je vous dois?

Il se lève.

CHOPIN. Allons donc, vous v'là dans le désespoir?.. ça fait vingt-quatre soûs... est-ce que vous allez nous quitter?

RICHARD. Oui, oui, je vas retourner voir les Arabes, et j'espère que, cette fois, ils viseront juste.

CHOPIN. Pour une femme?.. que diable, il n'en manque pas sur le globe... à votre place, moi, je ne lui donnerais pas la satisfaction d'avoir du chagrin et de me sauver devant elle!

RICHARD, *enfonçant son schako*. Vous pourriez bien ne pas avoir tort! eh! ben, oui, je veux rester là, pour répondre à pour répondre à celui qui me dira quelque chose... je veux la revoir, la narguer, lui rire au nez, faire le joli cœur avec les autres et ne pas avoir l'air de me soucier d'elle.... oui, je veux être à sa noce, moi... et je serai gai comme un pinson,... je serai le premier noceur de la noce!

En disant cela sa voix s'altère et il est près
de rire et de pleurer tout à la fois.

CHOPIN. Justement... les v'là qui reviennent de la mairie... c'est une affaire bâclée...

RICHARD. Allons, montrez-moi le chemin de ma chambre...

Air : *J'en guette un petit de mon âge.*

En avant la grande toilette,
Il faut s'montrer ici pimpant, frisé;
J'veux qu'la perfide me regrette,
Pour la punir de l'avoir épousé.
J'veux lui fair' dir': Dieu! quelle différence!
Ah! je n'm'en consol'rai jamais,...
Et quand un' femme a des regrets,
On a toujours de l'espérance!

Il a repris son porte-manteau et sort par la droite.

CHOPIN, *à la cantonnade.* Le petit escalier au fond du corridor.

SCENE VIII.

CHOPIN, DUBEAU, SUZANNE, GADIBOIS, SIMONNE
et quelques Personnes de la noce.

DUBEAU, *entrant à reculons.* Oui, c'est inconvenant! c'est arbitraire!

SUZANNE. Ne criez pas, M. Dubeau... nous ne sommes pas sourds.

DUBEAU. Déranger deux familles... et ne pas prononcer le mariage...

CHOPIN, *surpris.* Comment, n'y a rien de fait?

DUBEAU. Que le contrat .. belle avance!

CHOPIN. Tiens, tiens.

DUBEAU. Un maire absent et un adjoint qui profite de ça, pour être malade! ..

GADIBOIS. Oui, malade, comme je danse!

DUBEAU, *impatienté.* Comme vous dansez! comme vous dansez! est-il entêté cet oncle Gadibois! depuis deux heures, on lui dit qu'il est malade d'une indigestion...parce qu'il a eu hier un grand dîner, et qu'il a voulu manger des champignons... il est dans son tort, et si le gouvernement fesait bien, il défendrait aux fonctionnaires publics de manger des champignons... ça ferait crier, mais tant pis...

SUZANNE. Ce sera pour un autre jour, voilà tout... ça ne peut pas nous échapper...

DUBEAU. C'est toujours contrariant... pour ce pauvre Chopin.

CHOPIN. Comment, pour moi?

DUBEAU. Sans doute, je vous avais commandé un repas pour mon mariage... il n'y a pas de noce, il ne peut pas y avoir de repas. (*A part.*) C'est autant d'économisé!

> *Suzanne hausse les épaules et s'éloigne en causant avec les autres pour qu'ils n'entendent pas ce débat.*

GADIBOIS, *frappant sur l'épaule de Dubeau.* Allons donc, malin, ne faites donc pas aller ce brave restaurateur... comme on dit, le vin est tiré, faut le boire.

CHOPIN. Monsieur parle en homme d'esprit.

GADIBOIS, *avec satisfaction.* Parbleu! c'te bêtise!

DUBEAU, *bas à Chopin.* Tâchez au moins de supprimer quelque chose...

CHOPIN. Il n'y a rien de trop, d'ailleurs vous aurez quelqu'un qui vous aidera, un voyageur, un ami... qui vient d'arriver...

DUBEAU. Qui donc, c't'ami?

CHOPIN. Un militaire, nouvellement débarqué... vous ne devinez pas? votre plus intime, M. Richard...

TOUS. Richard!

Mouvement de Suzanne.

DUBEAU, *enchanté.* Richard! est-il Dieu possible!

GADIBOIS, *à part.* Bon, bon, je comprends...

DUBEAU. Où est-il? où est-il? ce digne ami, que je lui prodigue mes embrassemens...

CHOPIN, *le montrant qui arrive.* Tenez, tenez, le voilà!

SCENE IX.

Les Mêmes, RICHARD, *en uniforme.*

CHOEUR.

Air du Serment.

Le voilà qui s'avance
Tout joyeux et dispos,
Ah! pour la circonstance
Il arrive à propos.

DUBEAU, *se précipitant dans ses bras.* Richard! mon bon Richard!..

SIMONNE, *à part.* Par exemple, il faut qu'il soit bien hardi.

DUBEAU, *à Suzanne.* Eh ben, mon ange... tu ne lui dis rien?

SUZANNE, *avec contrainte.*

Air d'Yelva.

Monsieur Richard, la surprise est charmante....

RICHARD.

Oui, c'est moi, c'est un revenant,
Dans la circonstance présente,
Qui vous fait bien son compliment.

SUZANNE.

Sans doute ici quelqu'affair' vous réclame,
Car ce retour était fort imprévu.

RICHARD.

Je m'aperçois très bien, madame,
Que vous n' m'avez pas attendu.

DUBEAU, *à Suzanne.* Comme vous lui parlez durement à cet homme... parce que vous m'avez préféré à lui... ce n'est pas une raison. (*Prenant la main de Richard.*) Ce bon Richard! qui revient comme ça de l'Afrique, juste à l'époque de mon bonheur... ce que c'est que le hasard!

GADIBOIS. Oui, les hasards faits-t-exprès... le militaire, le vrai futur... il était en retard à la mairie, et v'là pourquoi... ah! les malins!

DUBEAU. A-t-on jamais vu un tenace pareil! mais comprenez donc...

Il l'emmène dans un coin et lui parle bas.

RICHARD, *à Suzanne bas et rapidement.* Suzanne, vous n'avez donc pas reçu ma lettre?

SUZANNE, *la déchirant et jetant les morceaux à terre.* Voilà le cas que j'en fais.

Richard va pour parler.

DUBEAU. Qu'est-ce que tu déchires donc là, ma chérie?

SUZANNE. Rien... rien... mais vos confidences, et vos reconnaissances... tout cela n'est pas fort intéressant pour ces dames... et en attendant le dîner, elles aimeraient autant courir à la balançoire...

TOUS LES INVITÉS. Oui, oui; à la balançoire!..

GADIBOIS. C'est ça, allons balancer le futur.

CHOEUR.

Air du galop de Gustave.

Dans le jardin
Courons soudain,
Allons tous à la balançoire,
En attendant
L'heureux instant
D'un plaisir plus restaurant;
D'un pareil jour,
A son retour,

Chacun gardera la mémoire ,
Pour s' divertir
Selon son d'sir,
Ici l'on n'a qu'à choisir.

SUZANNE.

Et quant à vous,
Mon cher époux ,
Ici l'on vous réclame ;
Car, dieu merci ,
Un tendre ami
Vaut bien mieux qu'une femme.

DUBEAU.

Chère moitié...

SUZANNE.

Votre amitié
Sans doute il la mérite.

DUBEAU.

N' vous fâchez pas.

SUZANNE , *bas.*

Mais au repas
Je défends qu'on l'invite.

DUBEAU , *bas.*

Quoi ! ne pas l'inviter...

SUZANNE, *bas.*

Faudra-t-il vous le répéter ?

DUBEAU.

Mais sans doute il compte rester,
Ma biche, ce n'est pas honnête...
Ce bon Richard !

SUZANNE.

Assez.

DUBEAU.

Un camarade !

SUZANNE.

Obéissez.

DUBEAU , *à Simonne.*

Quand ils seront tous éclipsés ,
Je veux te parler en cachette.

Suzanne qui voit le mouvement , prend Simonne par la main.

TOUS.

Dans le jardin

Courons
Courez } soudain, etc.

Ils sortent tous, excepté Richard. Dubeau les reconduit et s'éloigne un instant.

CHOPIN, *bas à Richard en sortant.* Ils ne sont pas encore mariés... allez votre train...

SCENE X.

RICHARD, puis DUBEAU.

RICHARD, *à lui-même.* Pas encore?... morbleu! être traité comme ça! cependant, malgré son air d'assurance, on dirait d'un poltron qui fait le brave... elle l'épousera, si elle veut.. mais il faut qu'elle m'aime... il faut qu'elle paye tous ses dédains, tous ses mépris...

DUBEAU, *revenant.* Ah! ce digne ami!.. nous voilà donc enfin seul à seul... que je suis donc content de revoir, mon vieux..

RICHARD. Je te rends bien la pareille, va!

DUBEAU. As-tu idée de ma future... qui va se mettre la jalousie en tête...

RICHARD. Ah! elle est jalouse? et de qui?

DUBEAU. De moi, donc! est-il bon enfant! parce que je dis un mot, en passant, à ma petite cousine Simonne.

RICHARD. M. Dubeau! M. Dubeau!

DUBEAU. Ah! t'es bête... est-ce que j'y pense? mais dis-moi... tu as été bien surpris, hein? de me voir épouser madame Catelle? ça ne t'a pas fait de la peine?

RICHARD. Moi? du tout! il y a longtemps que les Algériennes lui ont fait du tort...

DUBEAU. Bah! tu as aimé des Algériennes? oh! ça doit être drôle! ce coquin là, est-il heureux!

RICHARD. Eh ben encore! un homme marié.

DUBEAU. L'histoire de rire, comme on dit dans le commerce... (*Il regarde à la cantonnade.*) Ah! pardon, mon ami, mais v'là quelqu'un à qui faut que je parle.

RICHARD, *regardant.* Tiens, mais c'est encore la petite cousine...

DUBEAU. Oui, oui, va faire un tour dans le jardin, et si tu vois la future, tâche qu'elle ne vienne pas ici... il ne faut pas qu'elle se doute...

RICHARD. Bon, bon, je m'en doute pour elle...

DUBEAU. Tu n'y es pas.

RICHARD, *riant*. C'est du beau, M. Dubeau! je le dirai à votre femme...

DUBEAU. Pas de bêtises!

Air : *Contredanse de Musard.*

RICHARD.	DUBEAU.
Compte ici sur mon zèle,	Je compte sur ton zèle,
Un soldat	Un soldat
Sait faire sentinelle,	Sait faire sentinelle,
Par état.	Par état.

Richard sort en se retournant plusieurs fois pour regarder.

SCÈNE XI.

DUBEAU, SIMONNE.

SIMONNE. Vous êtes seul, mon cousin?

DUBEAU. Oui, ma petite Simonette, nous pouvons causer... car, depuis hier, nous n'avons pas pu trouver l'instant de nous dire un mot...

SIMONNE, *naïvement*. Oh! oui, c'est bien ennuyeux.

DUBEAU. Eh ben, voyons, où en est la surprise que nous voulons faire à mon épouse? la superbe corbeille de mariage est-elle débarquée?

SIMONNE. Comme vous savez, j'ai écrit à Lyon à une de mes amies qui est chez une forte lingère sur la place des terreaux... N° 11 à l'entre-sol...

DUBEAU. Sur le derrière.

SIMONNE. Oui... elle m'a répondu qu'on la recevrait aujourd'hui, sans faute, par la diligence qui descend ici à côté.

DUBEAU. Elle est jolie?

SIMONNE. La diligence?

DUBEAU. Non, la corbeille...

SIMONNE. Oh! je crois bien! (*Soupirant.*) Il me semble que si je me mariais, je me contenterais du mari...

DUBEAU. Ça viendra, ma petite Momone! moi, d'abord, si j'avais le malheur de devenir veuf...

SIMONNE, *jouant avec son tablier*. Dam! c'est pas moi, qui vous aurais empêché de m'épouser.

DUBEAU. Ce n'est pas moi non plus... mais des raisons de famille... quand on s'est fait un nom dans le commerce... un épicier a des devoirs, des obligations sociales...

SIMONNE, *soupirant.* Enfin faudra que vous alliez au bureau de la voiture, pour voir si la caisse est arrivée.

DUBEAU. Tu as fait mettre dans la corbeille tout ce que nous étions convenus, les femmes tiennent à ces futilités... douze paires de bas de coton?

SIMONNE. Ça y est.

DUBEAU. Six camisoles?

SIMONNE. Ça y est.

DUBEAU. Un tartan, grande grandeur?

SIMONNE. Il y est aussi.

DUBEAU. Enfin... le bonnet d'accouchée, symbole d'une paternité présumable.

SIMONNE, *soupirant.* Est-elle heureuse!

DUBEAU. Vois-tu, je ferai cacher la corbeille quelque part, et au moment de l'omelette soufflée, nous viendrons la chercher pour l'apporter en triomphe, juste au beau milieu de la table! hein! le coup d'œil, les exclamations!.. c'est là un joli plat de dessert!..

SIMONNE. Oh! oui, ça sera gentil!

Ils parlent bas.

SCENE XII.

Les Mêmes, RICHARD, *il aperçoit Dubeau causant mystérieusement avec Simonne qui répond par des signes de tête.*

RICHARD, *à part.* Encore ensemble? ah! ça, décidément...

DUBEAU, *haut.* Mais le plus profond de tous les mystères !

SIMONNE. C'est pas moi qui irai le dire, d'abord.

DUBEAU. D'ici là, nous n'avons pas l'air... nous ne nous connaissons pas...

SIMONNE. Bon, bon, pour la frime.

DUBEAU. Pour qu'on ne nous croie pas de connivence..

RICHARD, *à part.* Ça devient intéressant.

DUBEAU. Ainsi, c'est bien entendu, après le second service, tu te lèves de table, et tu viens à l'endroit, où j'irai te rejoindre...

RICHARD, *à part.* Eh ben, ne vous gênez pas.

SIMONNE. Ah ! ça, mais où ça ?

DUBEAU, *réfléchissant*. C'est vrai, où ça ?

SIMONNE. Dans le petit pavillon qui donne sur le jardin ?

DUBEAU. Oui, c'est un bon endroit.

RICHARD, *à part*. Voyez-vous l'ingénue qui a trouvé ça toute seule.

SIMONNE. N'y a plus qu'une chose qui m'embarasse... si on nous demandait où nous allons ? madame Catelle surtout ?

DUBEAU. Ah ! bah ! dans le brouhaha... J'inviterai l'ami Richard, il chantera au dessert, il amusera la société avec ses romances de caserne.

RICHARD, *à part*. Ah ! c'est moi qui suis chargé de... faire .. diversion.

DUBEAU. D'ailleurs, est-ce que tous les jours de la vie, on ne peut pas se lever de table, sous le prétexte le plus innocent.

RICHARD, *à part*. Mais c'est un profond scélérat ! je ne laisserai pas tomber ça par terre.

DUBEAU, *fesant mine de sortir*. Maintenant, je vas prendre par ici, toi par là...

SIMONNE, Oui, faut pas qu'on nous surprenne.

Ils vont pour sortir, chacun d'un côté.

SCÈNE XIII.

Les Précédens, SUZANNE, *elle se trouve en entrant, nez à nez avec Simonne.*

SIMONNE, *interdite et s'arrêtant tout court*. Madame Catelle... chut !

DUBEAU. Oh ! chut !

RICHARD, *à part*. Oh ! oh ! ça se gâte !

SUZANNE, *sèchement*. Ah ! vous voilà, mademoiselle, depuis une heure, ces dames demandent après vous.

SIMONNE, *confuse*. C'est que j'étais là avec mon cousin.

SUZANNE. Allez donc... allez donc...

Simonne sort.

DUBEAU, *à part*, Jalouse de son ombre !

SUZANNE. Pourrait-on savoir ce que vous fesiez là... tout seul... avec mademoiselle Simonne ? je vous croyais avec votre ami Richard.

DUBEAU, *troublé.* Mon ami Richard! mais, sûrement. (*L'a-percevant de l'autre coté et reprenant de l'assurance.*) Tenez, le 'là, justement ce bon Richard.

SUZANNE, *qui a fait un mouvement, avec contrainte.* Ah! je n'avais pas vu monsieur.

DUBEAU. Il était là, nous n'étions pas seuls. (*Il va d lui et le prend par la main.*) N'est-ce pas, mon bon Richard, que tu étais là? (*Bas et rapidement.*) Dis comme moi, quéque ça te fait... sauve-moi l'honneur.

RICHARD, *avec intention.* Mais certainement j'étais là.

DUBEAU. V'là treize minutes qu'il est là. (*Lui prenant encore la main.*) Ce cher Richard.

SUZANNE. Vous oubliez que la compagnie nous attend, et que nous nous rendrions importuns, en retenant plus longtems mon-sieur.

Dubeau lui fait des signes.

RICHARD. Vous êtes trop bonne, en effet, je ne tarderai pas à repartir.

DUBEAU. Là, elle va le faire en aller!

RICHARD, *bas à Suzanne.* Mais avant, il faut que je vous parle.

SUZANNE, *sans lui répondre, à Dubeau.* Mon ami, vous allez venir avec moi?

RICHARD, *bas.* Il faut absolument que je vous parle.

SUZANNE, *même jeu.* D'ici au diner, je ne vous quitte plus.

DUBEAU, *embarrassé.* Oui, oui, mon amie... comment faire pour la diable corbeille. (*Haut.*) C'est que je pensais à un chose... le père Chopin va renvoyer la musique... mais quoi qu'il n'y ait pas de noce.

SUZANNE. Eh bien! après?

DUBEAU. J'avais pensé que vous seriez bien aise de danser un éger quadrille.

SUZANNE. A la bonne heure... mais. (*Tendrement.*) Vous al-ez encore me laisser seule?

DUBEAU, *transporté.* Oh! comme elle a bien dit ça!

Air des Malheurs d'un amant heureux.

Dans un instant, charmante amie,
Près de vous je r'viens sans retard ;
Et pour vous tenir compagnie,
Je vous laisse l'ami Richard.

SUZANNE.

Y pensez-vous !

DUBEAU.

Allons, méchante,
Ne boudez donc plus contre lui ;
Faites la paix, séanc' tenante...
A Richard. Toi je t'invite... reste ici,
Ou bien tu n'es plus mon ami.

ENSEMBLE.

DUBEAU.

Dans un instant, charmante amie, etc,

SUZANNE.	RICHARD , *à lui-même.*
Revenez vîte, je vous prie,	Enfin, au gré de mon envie,
Je n'admettrais aucun retard,	Je vais donc lui parler à part ;
Car j'aime peu la compagnie	Puisque le mari m'en supplie,
De votre cher ami Richard.	Ma foi profitons du hasard.

Dubeau sort.

SCENE XIV.

SUZANNE, RICHARD.

SUZANNE, *à elle-même.* A-t-on idée... me forcer de rester avec lui.. il va me faire des protestations d'amour j'en suis sûre.

RICHARD, *à part.* Ah ! ça, n'allons pas tomber dans le sentiment... comme un conscrit. (*Haut.*) Eh bien ! madame Dubeau... votre époux nous engage à faire la paix, il a l'air d'y tenir, je ne peux pas refuser ça à un ami, d'autant mieux que, dans le fond, je ne vous en veux pas.

SUZANNE, *piquée.* Vraiment?

RICHARD. Pour ce qui est du reste, on est philosophe... on connait ses proverbes.. les absens ont tort, v'là tout, et on prend son parti.

SUZANNE. C'était pour me dire cela que vous étiez si pressé de me parler? au surplus, je m'en félicite... vous serez plus heureux. (*A part.*) Et moi aussi.

RICHARD, *avec mélancolie.* Plus heureux... c'est une question.

SUZANNE, *vivement.* Comment?

RICHARD. Oui, j'avais jeté mes vues sur quelqu'un... qui devait me consoler de votre perte... mais j'ai du malheur, dans mes amours.

SUZANNE. Ah ! déjà ? une autre ? cette fois, du moins, vous en convenez.

RICHARD, *légèrement.* Dam, quand on porte un cœur sensible, il ne peut pas rester les bras croisés... oui, je n'étais pas très loin d'en aimer une autre... pas si gentille, pas si grande dame que vous... mais c'était assez bon pour moi, et j'aurais peut-être fini par en faire madame Richard.

SUZANNE. Ah ! la malheureuse !

RICHARD. Mais il y a des hommes, ma parole d'honneur, qui sont capables de tout, et qui ne savent se contenter de rien... au moment d'épouser la plus jolie, la plus...

> *Il dit cela en la regardant et en levant les yeux au ciel.*

SUZANNE, *qui commence à s'intriguer.* Comme vous me regardez ?

RICHARD. Après tout, c'est pas sa faute à ce pauvre Dubeau, il ne pouvait pas se douter.

SUZANNE. Dubeau ? que voulez-vous dire ?

RICHARD, *se frappant le front.* Est-ce que je l'ai nommé ? non, ne croyez pas... maladroit que je suis... étourdi !

SUZANNE. Ah ! je comprends, vous voudriez me donner des soupçons... mais vous perdez votre tems... j'aime M. Dubeau... c'est un honnête homme, il ne sera pas trompeur... lui !

RICHARD, *avec compassion.* Autant voir comme ça qu'autrement ! bonne Suzanne !

SUZANNE. Ah ! ça, mais parlerez-vous ?

RICHARD. Ecoutez, on ne s'aime plus, mais on se rend service... quand vous êtes arrivée, j'étais bien là, comme on vous l'a dit... seulement, j'y étais depuis plus longtems qu'on ne le croyait, et j'ai entendu des choses !

SUZANNE. Vous avez entendu ?

RICHARD. Oh ! mieux que ça... j'ai vu.

SUZANNE. Vous avez vu ? mais parlez donc, vous me faites mourir !

RICHARD. Après ça, je me suis peut-être formalisé à tort... car enfin, c'est sa cousine.

SUZANNE. Sa cousine ! voilà donc pourquoi il a tant tenu à ce qu'elle vint de son pays... et pourquoi je les trouve sans cesse à chuchotter... du reste, il parait aussi que c'est mademoiselle Simonne qui avait fixé votre choix ? une petite sotte !

RICHARD, *souriant.* Ce n'est pas de moi qu'il s'agit, pour le quart-heure.

SUZANNE. Enfin, qu'avez-vous vu? qu'avez-vous entendu?

RICHARD. J'ai entendu qu'ils s'aiment depuis sept ans, sans en rien dire à personne... même qu'il lui baisait la main au moment où je suis entré,

SUZANNE. A merveille.

RICHARD. Après ça, je me suis dit : c'est son cousin.

SUZANNE. Et, c'est là tout ce que?..

RICHARD. Je vous dirais bien encore quelque chose,

SUZANNE. Encore!

RICHARD. Mais vous croiriez que c'est pour me faire valoir... et Dieu sait si j'y pense!

SUZANNE. Au nom du ciel, ne me cachez rien.

RICHARD. Eh bien! je les ai entendus qui se donnaient un rendez-vous pour ce soir.

SUZANNE, *reculant.* Un rendez-vous?

RICHARD.

Air : *Dis-moi, mon vieux, t'en souviens-tu.*

Oui, c'est ici, dans cett' chambre, ma lame,
A quelques pas du banquet nuptial,
Qu'ils ont ourdi cette perfide trame
Et qu'aura lieu le rendez-vous fatal ;
Tandis que vous, sans soupçonner le traître,
Vous sourirez à vot' félicité,
Et qu'hélas! vous boirez peut-être
Du vin d' Champagne à sa santé.

SUZANNE, *émue de colère.* Quelle audace! M. Dubeau! cette petite sainte-nitouche.

RICHARD, *à part, lui prenant la main.* La voilà partie! (*Haut.*) Pauvre petite main, comme elle tremble... mais voyons, ne vous faites pas de mal,

SUZANNE. Quelle humiliation!

RICHARD. Conçoit-on ce Dubeau, avec son air tranquille!

SUZANNE. Vous auriez fait pareille chose, vous, on sait que vous êtes un mauvais sujet, on est prévenu, on s'y attend.

RICHARD, *qui incline la tête en signe de remercîment.* Je vous remercie de la bonne opinion...

SUZANNE, *continuant.* Mais quand on croit n'avoir rien à craindre, en ne prenant ni un joli garçon, ni un homme d'esprit, enfin qu'on s'est arrangée pour avoir confiance...

RICHARD. Oh! c'est indigne! le jour même de la noce, et pour ainsi dire dans le domicile conjugal.

SUZANNE Mais je m'en vengerai, oh! je m'en vengerai.

RICHARD, *d'un air indifférent.* Pour la vengeance, je ne m'en mêle pas.

SUZANNE, *pensive et le regardant.* Ah! ça, au moins, vous êtes bien sûr?..

RICHARD. Libre à vous de ne pas me croire; au surplus, vous verrez bien, c'est au moment du dessert; ils se lèveront de table l'un après l'autre, pour se rendre ici.

SUZANNE. Je veux les confondre, j'y viendrai à ce rendez-vous.

RICHARD, *à part.* Et moi aussi!

SUZANNE J'y serai la première.

RICHARD, *à part.* C'est bon à savoir.

SUZANNE, *avec une colère concentrée.* Mon cher monsieur Richard, que d'obligations! vous restez, n'est-ce pas?.. je veux que vous soyez là comme témoin.

RICHARD. Bien reconnaissant de l'invitation, mais impossible.

SUZANNE, *émue.* Vous me quitteriez au moment du danger?

RICHARD. Toujours dévoué, de près comme de loin, mais sans intérêt; adieu, Suzanne.

SUZANNE, *qui a fait un mouvement.* Vous partez? ah! le voilà, cet hypocrite.

Elle regarde au fond.

RICHARD. Je vous laisse; ne dites rien et profitez de l'avis.

Il fait quelques pas.

SUZANNE, *s'avançant malgré elle comme pour le retenir.* Richard!

RICHARD, *près d'une porte latérale.* C'est ici, là, dans quelques instans, que se décidera votre sort. Adieu encore... pour jamais, et soyez heureuse!

Il s'éloigne rapidement, Suzanne le regarde partir avec émotion·

SUZANNE, *essuyant une larme.* Oh! oui je me vengerai!

SCENE XV.

SUZANNE, DUBEAU, GADIBOIS, SIMONNE, et les Gens de la noce.

CHOEUR.

Air du Lorgnon.

Quell' nouvelle agréable,

> On va dîner enfin,
> De cette fête, à table,
> Attendons le lend'main.

DUBEAU. Allons, allons, les amis de la joie, voilà qu'on met la nappe.

Les parens et amis entourent Suzanne.

SIMONNE, *bas à Dubeau.* Eh bien! mon cousin? la corbeille?

DUBEAU, *bas.* Arrivée à bon port, et déposée là-bas, dans le petit pavillon.

SIMONNE, *ravie.* Bon, bon!

SUZANNE, *qui les a vus, à part.* C'est bien ça. (*Haut.*) M. Dubeau.

DUBEAU, *qui chuchottait avec Simonne.* Ma petite femme?

SUZANNE, *d'un air indifférent.* Pardon, si je vous interromps.

DUBEAU. Non, c'est que je..., (*Cherchant des yeux.*) Eh ben? qu'est-ce que vous avez donc fait de l'ami Richard?

SUZANNE, *froidement.* M. Richard? il y a long-tems qu'il est parti.

DUBEAU, *désappointé.* Parti? parti? ah ben! c'est mal, ça.. c'est mal, moi, qui lui avais dit de rester.

GADIBOIS, *à part.* Encore quéque niche là-dessous.

DUBEAU Ah! quel dommage! il vous aurait fait rire au dessert... il vous aurait raconté ses aventures galantes avec les Algériennes.

SUZANNE. Que voulez-vous... (*Avec intention.*) Il faudra bien se passer de lui.

SCEE XVI.

Les Mêmes, CHOPIN, *suivi d'un Garçon, la serviette sous le bras.*

CHOPIN, *annonçant.* Les futurs sont servis... la main aux dames.

TOUS, *s'agitant* La main aux dames, la main aux dames!

GADIBOIS, *à lui-même.* On ne m'ôtera pas de l'idée que le militaire est quelque part... et qu'il reparaîtra sur l'horizon.

DUBEAU. Eh ben! M. Gadibois?

GADIBOIS. Ah! c'est juste... la main aux dames.

Il offre la main à Dubeau, un parent donne la main à Suzanne.

Reprise du Chœur.

Ils sortent tous par la gauche.

SCÈNE XVII.

RICHARD, *seul, reparaissant par la droite; il entre avec mystère et écoute.*

Bon, les v'là à table, je n'ai plus que patience à avoir... et ça ne peut pas tarder... il y a trois convives qui ont de bonnes raisons pour que l'on mette les morceaux doubles. Quant à moi, je dînerai par cœur... ça rentre dans les attributions d'un amoureux... la nuit commence à venir... mais on pourrait encore m'apercevoir.

Il va fermer les volets des fenêtres du fond.

SCÈNE XVIII.

RICHARD, CHOPIN, *rerenant par la droite, une lumière à la main et un panier de vin de Champagne sous le bras.*

CHOPIN, *à lui-même.* Là, je vais leur porter du champagne... ils n'en ont pas demandé, mais, c'est égal. (*Il traverse le théâtre pour sortir de l'autre coté et aperçoit Richard qui ferme le dernier volet.*) Eh ben ? eh ben ? quest-ce que c'est que ça ?

Il recule un peu effrayé.

RICHARD, *venant à lui.* Chut !

CHOPIN. Tiens ! c'est encore vous ? je vous croyais quasiment parti ?

RICHARD. Parbleu, sûrement que je suis parti.

CHOPIN. Eh ben ! alors, qu'est-ce que vous faites-là ?

RICHARD. Vous ne devinez pas ? c'est une surprise.

CHOPIN. Ah ! et pour qui ?

RICHARD. Pour le marié.

CHOPIN, *étonné.* Eh ben ! et les gros soupirs de ce matin ?

RICHARD. je me suis fait une raison... le farceur reprend son empire !

CHOPIN.

Air : V. du Baiser au Porteur.

Ah ! je comprends... on en prépare un' bonne,
Histoir' de s'amuser. . J'en suis,

RICHARD.

Non, je n'ai besoin de personne...
J' peux me passer du secours des amis,
Il n' faut pas même en parler aux amis.

CHOPIN.

Alors, c'est donc quelque nich' bien atroce?
Eh ! mais j'y pense, on parlait d'un cadeau.

RICHARD.

Oui, justement, c'est un présent de noce,
Que j' veux tout seul faire à l'ami Dubeau.
Mon cher Chopin, c'est un présent de noce,
Que j' veux tout seul faire à l'ami Dubeau...

(*On entend au dehors.*) Enlevez ! le second service... et servez le dessert !

RICHARD, *ému.* Le dessert, entendez-vous ? on demande le dessert !

CHOPIN, *se disposant à sortir.* Voilà ! voilà ! ah ! ça, faites-nous une jolie surprise.

RICHARD. Oui, oui.

CHOPIN. Nous ne nous amuserons jamais plus jeunes, comme on dit.

RICHARD. Mais allez donc !

CHOPIN. Je vous laisse de la lumière pour que vous y voyiez plus clair.

Il pose la lumière sur la table et sort par la gauche, avec son panier.

SCENE XIX.

RICHARD, *seul.*

Enfin me voilà seul, et elle va venir ; elle va venir ici attendre son futur qui, pendant ce temps-là, sera dans le petit pavillon avec la cousine Simonne. On n'aura pas mutuellement de reproches à se faire. (*Il prête l'oreille.*) J'entends marcher... c'est elle.

Il souffle la chandelle, il fait nuit.

SCENE XX.

RICHARD, SIMONNE, *entrant par la gauche*

SIMONNE, *à elle-même.* Là, j'ai fait signe de l'œil à mon cousin ; pourvu que madame Catelle ne se doute de rien ; car elle a un air, elle fait une moue.

RICHARD, *s'avançant dans l'ombre et parlant à voix basse.* Est-ce vous ?

Il lui prend la main.

SIMONNE, *effrayée et naïvement.* Ah ! mon Dieu, il y a quelqu'un ici ?

RICHARD, *à part lui lâchant la main.* C'est Simonne ! est-ce qu'en effet ils se seraient donné rendez-vous dans cette chambre ?.. me voilà bien !

SIMONNE, *tremblante.* C'est vous, monsieur Chopin ?

RICHARD, *déguisant sa voix, et toujours bas.* Oui.

SIMONNE. Oh ! ne dites pas que vous m'avez vue, ça ferait tout manquer.

RICHARD. Je ne dirai rien , mais allez-vous-en.

SIMONNE. Je n'ai pas envie non plus de rester là.

RICHARD, *à part.* Je respire. (*A Simonne.*) Allez, allez à vos affaires et n'ayez pas peur.

SIMONNE, *comme en confidence.* Je vas chercher la corbeille.

RICHARD, *sans comprendre.* La corbeille... bien, bien.

SIMONNE. Oui, la corbeille de mariage que nous devons offrir à la mariée.

RICHARD, *à lui-même.* Tiens, ce n'est pas ce que je croyais.. c'est égal , ça n'en sera que plus drôle !

ENSEMBLE.

Air : *Vite à cheval* (du morceau d'ensemble).

SIMONNE, *gagnant l'autre porte latérale.*	RICHARD.
De mon cousin,	Allez, c'est bien...
Je cours chercher la corbeille,	(*A part.*) Ah ! mon Dieu, prêtons l'oreille,
V'là mon chemin,	Je crois qu'on vient,
Sans adieu, monsieur Chopin.	(*Haut.*) Partez, je ne dirai rien.

Simonne sort par la droite.

SCÈNE XXI.

RICHARD, *puis* DUBEAU.

RICHARD. Le ciel soit loué ! elle est partie, et Suzanne va venir.

Il écoute.

DUBEAU, *entrant par la gauche et fredonnant.* C'est la petite Simonnette...

Il marche à tâtons.

RICHARD, *à part.* Allons, le mari, à présent !.. toute la noce va y passer.

DUBEAU. J'ai cru que je ne pourrais pas me débarrasser de ce Gadibois... *(Cherchant comme un homme un peu gris)* On n'y voit pas le bout de son nez... avec ça que leur diable de champagne, ça me tape toujours... en m'orientant, c'est par ici... *(Il passe à gauche et heurte Richard.)* Ouf ! gare là-d'essous.

RICHARD, *à part.* Le diable l'emporte !

DUBEAU, *il se heurte contre Richard.* Est-ce toi, Simonne ?

RICHARD, *avec une grosse voix.* Non !

DUBEAU, *se sauvant.* Ah ! que c'est bête ! monsieur Gadibois ! que vous êtes bête avec vos bêtises !

Il sort par la droite.

SCÈNE XXII.

RICHARD, *puis* SUZANNE.

SUZANNE, *entrant par la gauche.* Il doit être ici, le traître !.. et mademoiselle Simonne aussi !

RICHARD, *à part.* Ah ! pour le coup ! c'est elle !

SUZANNE. Je les ai vus sortir de table, comme Richard m'avait dit.

RICHARD, *à mi-voix.* Vous voilà !

SUZANNE, *ayant peine à se contenir.* Oui...

RICHARD. N'ayez pas peur, je suis seul.

SUZANNE, *à part.* Tiens, Simonne n'était pas arrivée... et il me prend pour elle. . ah ! c'est charmant ! *(Allant donner un tour de clef à la porte de gauche.* Maintenant, elle frappera, si elle veut.

RICHARD, *à part.* Ma foi, fesons comme Dubeau aurait fait avec Simonne...

SUZANNE, *à part.* N'oublions pas que c'est la cousine qui va répondre à son cousin...

Air : Cependant je doute encore (Une Passion).

SUZANNE, *à part.*

Au piég' laissons-le se prendre !

RICHARD, *à part.*

Profitons de son erreur.

Haut et l'attirant à lui.

Viens, on ne peut nous surprendre,
Quel bonheur ! —

SUZANNE, *à part.*

Ah ! quelle horreur !

Sur le point d'éclater.

Je vais me faire connaître.

RICHARD.

Toi que j'aime...

SUZANNE.

Finissez.

Il lui baise la main.

(*A part.*) Mais, pour confondre le traître,
Ce n'est pas encore assez.

RICHARD.

Même air.

Ici l'amour me transporte.

SUZANNE.

Si quelqu'un allait venir.

RICHARD, *l'embrassant et à part.*

Ce n'est pas pour moi... n'importe,
Cela fait toujours plaisir.

SUZANNE, *à part.*

Il est temps de lui répondre
Et de me fâcher tout haut,
Car vraiment, pour le confondre,
En voilà plus qu'il n'en faut.

Richard l'embrasse encore.

SUZANNE, *à part.* Voyez-vous comme il est tendre avec elle ! (*Haut et le repoussant.*) Ah ! perfide ! en voilà assez... à la fin...

RICHARD, *à part.* Maintenant, elle peut se fâcher, tant qu'elle voudra.

Il veut l'embrasser.

SUZANNE. Je n'en souffrirai pas davantage !

RICHARD, *à part.* Elle y a mis de la patience.

SUZANNE, *s'animant.* Je ne suis pas celle que vous croyez...

RICHARD, *d'une voix étouffée.* Si... si...

SUZANNE. Laissez moi, ou vous allez recevoir le plus beau soufflet.

RICHARD, *à part.* Il est temps...

SUZANNE. Ne m'approchez pas... les mains me démangent...

voyez-vous... voilà donc pourquoi vous êtes si peu galant avec moi... si peu empressé... si épicier enfin!

RICHARD. Non, non. (*A part.*) Ce pauvre Dubeau! je reçois tout à son intention, le mal comme le bien.

SUZANNE. Je ne m'étonne plus à présent, c'est vous qui avez fait retarder le mariage, et pour qui, s'il vous plaît? pour une Simonne!

RICHARD. Calmez-vous, Suzanne...

SUZANNE. Taisez-vous, malheureux!

RICHARD, *à lui-même en souriant.* Pas si malheureux!

SUZANNE. Franchement; je ne vous aimais déjà pas trop, mais à présent, je vous hais, je vous déteste.

RICHARD. Suzanne, si vous saviez.

SUZANNE. Il est trop tard pour faire l'hypocrite. (*S'atendrissant.*) Et moi, suis-je assez à plaindre, moi qui pouvais être si heureuse avec ce pauvre Richard.

Richard fait un mouvement.

RICHARD, *à lui-même.* Que dit-elle?

SUZANNE, *continuant.* Il n'était revenu que pour moi, et je n'ai pas voulu l'écouter, pour ne pas manquer à mes devoirs, car je l'aimais toujours dans le fond.

RICHARD, *près de se trahir.* Il serait possible!

SUZANNE. Oui, monsieur, c'était malgré moi, mais à présent j'en suis bien aise, et je l'aimerai cent fois plus encore, afin de mieux vous punir, afin de mieux me venger.

RICHARD, *s'oubliant.* Ah! Suzanne! Suzanne! qu'avez vous dit?

SUZANNE, *effrayée.* Grand Dieu! quelle voix!

CRIS CONFUS EN DEHORS. Ohé! la mariée! par ici! par ici!

SUZANNE. Au nom du ciel, qui êtes-vous?

SCÈNE XXIII ET DERNIÈRE.

Les Précédens, DUBEAU, SIMONNE, GADIBOIS, CHO-
PIN et les Gens de la noce.

Les volets du fond qui forment au milieu une porte sur le jardin cèdent à quelques efforts, et l'on aperçoit Dubeau qui apporte en triomphe une corbeille de mariage. Chopin et quelques autres ont des flambeaux à la main.

SUZANNE, *à part, reconnaissant Richard.* Richard!

CHOEUR.

Air du Cousin du Pérou.

A la fin, la voici,
Mais là que faisait-elle,
Sans témoins, sans chandelle,
Et mêm' sans son mari!

DUBEAU, *présentant la corbeille à Suzanne.* Tendre épouse de la veille, permettez moi de vous offrir cette corbeille...

SUZANNE, *froidement.* Je vous remercie, monsieur, et je suis désolée en même temps de vous refuser.

DUBEAU. Me refuser? quand v'là une heure que je vous cherche pour vous offrir...

Il présente de nouveau la corbeille.

GADIBOIS. Le fait est que nous avions l'air de jouer à cache-cache... ou à colin-maillard.

DUBEAU, *à part.* Faut pas se décourager... (*Haut.*) Douce moitié de moi-même, ne prenez pas mes bras pour des enseignes...

Il présente la corbeille.

SUZANNE. Je vous répète, monsieur, que cette corbeille ne m'appartient pas ..

GADIBOIS. Certainement! c'est pousser trop loin la plaisanterie...

DUBEAU. Allons, voilà son accès qui lui reprend... Dieu, que cet homme-là est gênant dans un mariage! mais, féroce que vous êtes, qui donc qui lui donnera un sultan, si ce n'est pas moi ?

GADIBOIS. Qui? son futur, monsieur Richard...

DUBEAU ET LES AUTRES. Richard! tiens, il est revenu?!

GADIBOIS. Et pas pour moi, je suppose. (*A lui-même.*) En supposant qu'il se soit en allé...

DUBEAU, *à Suzanne.* Mais, ma chérie, parlez-lui donc à cette tête de bois! parlez-lui donc!

SUZANNE. C'est que... moi-même, je suis bien embarrassée.

DUBEAU. Embarrassée? et moi donc...

Il met la corbeille sur sa tête.

SUZANNE, *baissant les yeux.* Oui, car... j'ai bien peur que mon oncle n'ait raison.

Elle lance un regard à Richard.

DUBEAU, *très étonné.* N'ait raison, madame Catelle?

RICHARD, *à part.* Quel bonheur !

GADIBOIS. Allons donc ! on a bien de la peine !

SIMONNE, *à part, avec joie.* Si c'était vrai !

DUBEAU. Madame Catelle ! mais qu'a-t-elle, madame Catelle ?

SUZANNE, *à Dubeau, à mi-voix.* Je connais toute votre conduite... elle est désordonnée.

DUBEAU. Désordonnée !

SUZANNE. Silence ! ne vous compromettez pas !

Ils continuent à s'expliquer tout bas.

CHOPIN, *à Richard.* De sorte que vous lui prenez sa femme ?

RICHARD. Ça me fait cet effet-là.

CHOPIN. Et c'est là le présent de noces que vous vouliez lui faire ?

RICHARD. Tout juste.

DUBEAU, *à Suzanne, tout haut.* Mais je vous dis que c'était une surprise .. Simonne et moi... moi et Simonne.

SUZANNE, *d'un air dédaigneux.* Bien, bien, cela suffit.

DUBEAU, *changeant de ton.* Ah ! ça, mais vous qui parlez... que fesiez-vous ici avec le militaire Richard... sans parens, sans amis... et même sans chandelle ?

SUZANNE. Vous devriez rougir !

RICHARD. C'est mal, Dubeau, je n'aurais pas cru ça de ta part.

DUBEAU. Ah ! oui ? c'est ce genre là, maintenant ? eh bien, puisqu'on le prend comme ça, c'est moi qui ne veux plus.

GADIBOIS, *ricannant.* Bon ! bon ! ah ! très bien, celle-là !

DUBEAU, *à Gadibois.* Je ne vous réponds plus, à vous.

GADIBOIS. Je savais ça depuis ce matin, mon soi-disant neveu !

DUBEAU, *élevant la voix.* Je vous dis que je ne vous réponds plus, mon oncle soi-disant ! dans tout ça, c'est ma corbeille qui me défrise.

SUZANNE. Pourtant, sans chercher bien loin...

DUBEAU. C'est ça, je vas vous en faire cadeau, pour la peine.

GADIBOIS. Et la petite cousine, avec qui nous venons de vous surprendre tout à l'heure, là-bas, dans le pavillon ? hein ? vilain roué !

DUBEAU, *sans lui répondre, regardant Simonne.* Cette bonne

Simonette, je lui avais dit que quand je serais veuf... ainsi, c'est tout comme... (*Présentant la corbeille à Simonne.*) Tendre épouse de la veille... permettez-moi de vous offrir... (*Simonne se met à pleurer naïvement.*) Eh ben? vous pleurez?

SIMONNE. C'est de joie, mon cousin.

RICHARD, *à Suzanne.* Là, vous voyez bien.

SUZANNE. Mais vous disiez que c'était ici?

RICHARD. J'aurai mal entendu.

SUZANNE. Ah! Richard! Richard!

GADIBOIS. Voilà enfin chaque chose à sa place, et cette fois, c'est pour tous de bon.

RICHARD, *tendant la main à Dubeau.* Sans rancune! Dubeau.

DUBEAU. Qu'est-ce que tu veux... au lieu d'une veuve j'épouserai une demoiselle... c'est un petit malheur, comme on dit dans le commerce.

GADIBOIS. Une demoiselle... laissez donc, farceur!

CHOEUR FINAL.

Air du chœur précédent.

D'un instant de chagrin
Pour perdre la mémoire,
Il faut danser et boire
Jusqu'à demain matin.

FIN